八木大慈 五行歌集

あるがまま

市井社

五行歌集

あるがまま

はしがき

八木大慈

知友のY氏がさりげなく置いていった月刊『五行歌』が縁で、歌を詠むことになった。

まさか自分が、歌詠みの真似事をすることになろうなどとは、思ってもみなかったことであったが、〝自然〟でも〝人生〟でも、あるいは、〝環境〟の問題でも、〝戦争と平和〟の問題でも、何でもいい、ただ自分の〝もの思い〟を五行で表現する、それも〝季語〟も考えなくていい、〝五七〟にこだわることもない、一呼吸で詠める程度の言葉を五行に並べる、ただそれだけでいいという歌の様式に魅せられて、いつの間にか、はまってしまっていた。

もっとも、地元岡山の歌会仲間に支えられ、全国五十万を超えるであろう歌友、殊には、本誌『五行歌』の同人の方々からの刺激を受けての今日でもあろう。

あれから、もう四半世紀以上も経っているから、きっと、一万首ぐらいは詠んで来たであろうか。

そんな風なことを思っているところへ草壁主宰から、歌集出版のお誘いを頂いた。曰く「私にはもう、幾年も残されてはいない。同様に、八木さんだって、私とあまり変らない年齢、それほど長い時間が与えられている訳でもなかろう。どうです、ここらで一つ、歌集の一冊でも出してみたら。」

残り時間を示唆された所為か、歳のせいか、これまでになく、すんなりと「ＯＫ」を出してしまった。

そこで早速、翻《ひるがえ》って、これまでに詠んできた自作の歌の数々を読み直してみると、どれもこれも、自分を素っ裸にしたようなものばかり、極度の恥かしさを覚えるような作品たちであった。しかし、考えてみれば、これが、九十年近くも生きて来た男の、ありのままの姿。いささかの後悔、躊躇が無いでもないが、清水の舞台からでも飛び降りたつもりで、生れて来た歌の幾分かを、そのまま、世に出すこととした。お目通し頂ければ幸甚の至り。

あるがまま　目次

鈴蘭の咲く

寒風の中に
白梅という
名の
春
一輪

白梅が
綻《ほころ》び
庭は
一足先に
春

庭は
白梅を
咲かせ
鶯を
待つ

たまの
暖かい日を見つけて
白い花を咲かせる
白梅さん
貴女は賢い

硬い蕾《つぼみ》が
やっと緩《ゆる》みかけた
そこへ　また
寒さ
勘弁してくれよ

紅梅が咲いた
うちつづく
寒い日の
たった一日の
暖かい日を選んで

雪の庭に
紅梅が
咲いて
ちょっぴり
春の気配

梅が咲いた
つづいて水仙
小手毬も咲いた
春の足音が
聞える

庭は
花たちが
色とりどりに
咲き乱れ
一斉に春

降り注ぐ雨
蘇る木草
岩松は
みどりに
萌えて

雨に散る白梅
雨を喜ぶ水仙
やがては
消える
同じ白

石南花《しゃくなげ》に花水木
藤に牡丹
早い春の訪れで
庭の花たちも
競って咲いた

石南花の紅に
泰山木の白
紫陽花の紫に
ブルーが加わり
わが花園は揃《そろ》い踏み

春の花々の
揃い踏み
ほどなく
鈴蘭の咲く
その庭に

雨に呼ばれて
ほんわかと
みどり
広げる
庭の木々

木も草も
花までも
喜んでいる
雨の
朝

草も樹も
大きく手を広げる
久々の雨に
喜びを
隠しきれず

久々の雨に
一気に若葉が
芽吹き出した
躑躅《つつじ》も皐月《さつき》も
花をつける

飛び石の向う
多宝塔のあたり
ピンクの皐月に
満開の白牡丹
雨に濡れ蘇生

黄昏の小雨の中に
木蓮の白が
私だけはと
胸を張って
立っている

春雨に
打たれ
木蓮の白が
はらはらと
散る

和の庭の片隅に
バラの木　二本
花が咲くと
まるで　そこだけが
洋の庭

そよ風に梢が
揺れている
牡丹桜だけは
跳ね返るように
重そうに

窓に映る
庭の梢が
揺れている
風かな
それとも小鳥

微風に
揺らぐ
樹木《きぎ》
のんびりとした
小鳥の囀《さえず》り

窓の隅で
小枝が揺れる
鶫《つぐみ》が
ひょいと
顔を出す

夕暮れの
みどりの梢
揺れて
絡《から》んで
蝶が舞う

残月の傍を
飛行機雲が
走る
桜満開の
花冷えの午後

かかさまの名は
エドヒガン
ととさまの名は
オオシマザクラ
私はソメイヨシノ

街路の
花水木
朝よりも
一層
ふくらんで

つい先頃まで
蕾だった
花水木たち
今日はもう
咲いている

何年もかかって
やっと咲いた
スカウトたちが
記念に植えた
花水木

花冷えが去ると
街路の花水木たちが
一気に花を開かせる
まるで花が
春を呼ぶかのように

しとやかな
春の装いの
女たち
街路に揺らぐ
花水木

昨夜は
雨傘の
今日は
日傘の
花水木の街路

歯医者さんの二階の
窓に映る街路
桜が散り
花水木が咲くと
人々ははや初夏の装い

花水木の花の
白色も紅色も
盛りを越えて
いつの間にか
みどりの街路

菜の花の畦道
芝桜の絨毯《じゅうたん》
田舎は
春
真っ盛り

グループホームに
一番のりしたのは
ツバメ
きっと　木の香りに
魅せられたんだ

猛烈な勢《いきお》いで
風が唸る
黄砂が
総ての景を
覆う

頭上で
春雷が轟《とどろ》く
まるで
大砲の
弾丸の炸裂

雨足も急に
早くなる
夜空を
春の嵐が
吠えてゆき

春の嵐に落された
椿の花
大地にあっても
まだ
赤く燃え

穏やかな春日
雪解けの水が
流れをつくり
霜枯れの
川に注ぐ

蝉しぐれ

蝉しぐれの
庭に
水琴窟の
水音
涼し

夏の夕べの
食卓に
載った
冬瓜
涼し

蝉の時雨れる
木立の中に
ひまわり二輪
揺れて
涼しげ

散髪されて
晴れやかな
古刹の庭
嬉しげに
樹木たち

庭の散髪
雨のシャンプー
さっぱり
すっきり
こころ爽やか

乾いた大地に
慈雨が降る
草木たちは
喜びに
震える

昨夜の
土砂降りで
木々は勢いづき
蝉たちは
力いっぱい歌う

お地蔵さんの傍を
雀がチュンと飛ぶ
梅雨時の
雨の止んだ
昼下がり

梅雨が
明けたか
庭の緑に
蝉の
合唱

堰《せき》を切った
滝のように
一斉に
唸《うな》る
蝉しぐれ

梅雨明けの
夕暮れどき
茜色の空に
くっきりと浮ぶ
入道雲

戻り梅雨
それとも梅雨もどき
梅雨の明けた後に
幾日も　いく日も
降りつづく　雨

晴れの国岡山でさえ
このところ
雨つづき
どうにか
ならんのか

コロナの感染が
四波も五波も
続いた上に
線状降水帯の
ダブルパンチ

飽きもせず
よう　降って
くれますなあ
線状降水帯の
長雨どん

女たちが
街を　裸で
歩いている
もう
夏だ

臍《ほぞ》を出し
背中を見せて
娘たちが歩く
それ　どんなにか
ならんのか

澄んだ
青空
弾けるような
少女たちの
笑い声

みんな
可愛い
それぞれに
美しく
咲いて

何てこった
雲が切れ
晴れたと思った
瞬間
狐の嫁入り

久しぶりに
花火を見る
帰りなどは　人の波
なんてもんじゃあない
人の津波だ

満満と
水を　湛《たた》える
夏の川
浮ぶボートに
影二つ

土手が何キロにもわたり
錦鶏菊の黄色に
おおわれている
その繁殖のスピードは
まるでチーターのそれだ

叩きつけるような
激しい雨
庭は
一瞬にして
滝のような川

雷が　バリバリと
凄まじい音を響かせ
暴れ回る
落雷連発の
ゲリラ豪雨だ

ミーンミーン
ツクツクボーシ
盆は
虫たちの
混声合唱

つくつく法師が
鳴いている
過ぎゆく夏を
惜しむ
かのように

ぽつりぽつりと
降る雨が
肌に
心地いい
晩夏の宵

金木犀の香り

そよぐ秋風
ゆらぐ朝顔
仕舞い残された
風鈴が
チリン

何となく
秋の気配だ
と言えば
空気が違いますよネ
と運転手

後楽園の界隈は
もうすっかり
秋だ
爽やかな
風につつまれ

ふんわりと
浮雲
オリーブの梢
揺れて
秋

ぬけるような空の青
ふんわりと純白の雲
園庭の芝生を
涼しげな風が
駆け抜けてゆく

蝉の鳴かなくなった
ひんやりとした庭に
彼岸花の
赤だけが
燃え

約束したかのように
決って彼岸の入りに咲く
曼珠沙華
今年も秋を
連れて来た

芙蓉の花が
朝から
酔っ払っている
秋風が
気持ちよかろう

街中のお稲荷さんの前に
バッタが一匹
鱗雲が白から茜色
灰色へと変ってゆく
秋空の下

気象の異常に
関りがあるのか
久びさに
群れ飛ぶ
赤トンボ

書斎の
窓に沿って植えられた
赤芽の生け垣
曼珠沙華の
赤にも劣らず鮮やかに

心地よい風
雲一つない青空に
薄紙を
浮べたような
残月

もう
秋の風だ
黄昏《たそがれ》の空に
弓張りの
月

水琴窟の
水音に和し
もう
鈴虫が
鳴いている

もうすっかり
秋の雲だ
心無しか月までが
淋しげに
雲間を泳ぐ

一瞬
香りを
聞く
金木犀の
それだ

香りにひかれて
金木犀の花に
近づく麗人
うっとりと眺める
初老の紳士

あたりは
金木犀の芳香《かおり》
空には
乱舞する
鰯雲《いわしぐも》

心地よい
金木犀の香り
朝の
静けさの中に
たたずむ佛塔

夕焼けの
真紅の炎に
古刹の塔の
シルエット
浮いて鮮か

月は　きっと
まだ欠けはじめだ
堂宇も庭も
くっきりと
白く輝いているから

古寺の
深まり行く秋風
半月に
読経の声
木鉦の響き

月影に
浮ぶ塔
下駄の音だけが
秋の夜空を
駈ける

秋の宵に
半輪の月
家路を
急ぐ
シルエット

半輪の月が
秋気に包まれ
私を
孤独に
誘う

秋をうたう
コオロギの
ソロ
どこか
淋しく

秋風が
郷愁を
運んで来たのか
赤提灯が
呼んでいる

夕闇に
煙草屋の
灯り
看板娘の
シルエット

ビルの谷間に
夕日が沈む
街の
何よりも
美しく

ビルの
谷間にも
満月は
平等に
顔を出し

暗い雲が　ふっ飛ばされ
台風の前夜だというのに
薄い雲の　まにまに
盆のような
まんまるい月

台風一過
ビルの
横っちょに
浮雲
一つ

台風が去った後の
透き通るような空の青
ぽっかり浮んだ白い雲
もう　ツクツク法師が
鳴いている

台風の後では
もう蝉の合唱
山里ではまだ
鶯が鳴いてる
というのに

台風が
秋を
運んで来るのか
窓からの夜風が
肌寒い

まだ明けやらぬ
秋の朝
雨垂れの
音の中を
蝙蝠《こうもり》が飛ぶ

雨あがりの庭を
みどりたちが
石たちが
働いて
支える

大きな岩に
へばりついた蟹《かに》
その傍に
燃えるような
落葉　三片

久びさに
窓にへばりつく
守宮《やもり》の姿を見る
おお　お前も
元気だったか

欅《けやき》の梢の
遙か向こうを
白い雲が飛んでゆく
遠くない日に
ビルで消される景色

昨日は
夏日だったのに
今日は真冬
地球はいったい
どうなっているの

日中は暑かったのに
宵には　寒いほどの
秋風が吹く
人生の宵も　また
このようなものか

冷たい秋風が
吹き始めたというのに
スリランカの青年
半袖姿で
自転車を飛ばす

秋風が
朧月《おぼろづき》を
撫《な》でる
黒雲を
掃くかのように

煌煌《こうこう》と
照る月
深夜の
鱗雲《うろこぐも》を
縫《ぬ》って走る

白雲に
とり囲まれた
満月
深い蒼を
流れる

早い
雲足の中に
満月
凛として
動かず

今宵は満月か
おぼろの
ヴェールの中に
大きなお月さま
鎮座ましまして

雲一つない
秋の夜の
煌煌と輝く
満月の
影

車窓にまんまるな月
運転手は云う
九月のそれより
十月の方が　空気が
澄んでいて綺麗だと

スーパームーンは
静かに照らす
秋風が吹き
虫のすだく
町はずれの道を

満月の夜
スッポンが
卵を生んだ
漁師の木箱に
見事な玉二つ

三房ぐらいに
思えたが
驚くなかれ
頂いたブドウは
ジャンボの一房

湯に浸かり
秋刀魚の焼ける音
聞きながら
早々と　ワインの
芳香《かおり》を想う

上等の秋刀魚に
大根のおでん
がんもには百合根
銀杏竹の子も入り
秋を十分に堪能させ

突き抜けるような
空の青
燃え立つような
山の紅
今まさに秋

曼珠沙華の
赤に替って
石蕗《つわぶき》の
黄色が輝き
過ぎる秋

枯草に覆われた
両の岸辺
秋の川は
瀬音を立てて
小舟を揺らす

河の
柳に
白鷺
一羽
寒々と

晩秋の
肌寒い夜空に
煌煌と
冴え渡る
半月

暗闇に
群青を残し
棚引く雲に
浮く　満月
さらに明星

風を巻き起して
走り抜ける
無蓋車《むがいしゃ》
晩秋のホームは
一瞬の冬

雪が舞う

ちらちら
ちらちら
雪が舞う
明るい窓に
雪が舞う

どうやら
メジロ
小窓の向うで
梅の小枝を
揺らすのは

京にいるかのような
錯覚を覚える
古刹の庭に
めずらしく
牡丹雪が降って

淋しげな
姫リンゴ
舞い散る
雪に
震えて

冬の太陽の
光を受けて
姫リンゴは
ルビーのように
赤く燃え

暖冬で
ほころぶかに見えた
御堂の前の紅梅
寒さのぶり返しで
動きを止めた

風に吹かれて
雪が舞う
白椿
紅椿の
咲くあたり

初冬の庭に
映える
満天星《どうだん》ツツジの
萌え立つ
紅

ひんやりとした
朝の古刹は
金色のお花畠
石蕗《つわぶき》の花に
陽が射して

深夜に
降り頻《しき》る
雪を見る
蠟梅《ろうばい》の
香りの中で

蠟梅に
白梅紅梅
仲よく咲いた
長閑《のどか》な冬日の
後楽園の梅園

寒椿も
集まれば
綺麗ね
と
旅の女

あれはきっと恋人同士
冬の　青空を
浮雲の　鯛二匹
仲よく並んで
泳いでる

蒼い冬空に
若者たちの
熱気漲《みなぎ》る声
破裂して
響く

臍《ほぞ》を出して歩く
少女
今まだ　冬の
真っただ中
だというのに

幼さを残す
端麗な顔が
街路に吸殻を
投げつけてゆく
雪の散る寒い夜

久々に
重い荷を持つ
手の甲に
寒気が
凍みる

冷たい風が
頬を殴る
黒雲の縁から
月影は辺りの
雲を照らす

一瞬
月光が
雲を破る
暗闇をまた
寒風が走る

今夜は
やけに冷え込む
寒々とした月が
コンクリートの
街を照らす

凍《い》てつく
夜空を
裂く
門扉の
軋《きし》み

美星という名の
山里の
雪化粧の森
穏やかに
水面に浮び

級友の
葬儀に向う
舞い散る雪が
さらに深く
寂しさを誘う

寛《くつろ》ぎの
湯に
突如
バリバリと
雹《ひょう》の降る

霰《あられ》が霙《みぞれ》に
霙が雪に変ると
あたりは
あっと云う間の
銀世界

深深と
降り頻《しき》る雪
静かに
広がる
白一色の景

雪に覆われ
氷に閉ざされ
冬の川は
真砂《まさご》だけの
白い原

北陸も
東北も
猛吹雪
政《まつりごと》の風は
どちらへ吹くのか

南国土佐にも
雪が降る
観測史上
最高の
大雪だ

譬ようもなく
澄みきった
冬の朝ぼらけ
弓なりの
残月

正月の二日
静まり返った
朝の空気を
市電の音が
切り取ってゆく

寒気を破り
大地を
震わす
謡曲の
初稽古

降り注ぐ
粉雪
こぼれる陽光
風に乗って
軽快なコーラス

中天に
輝く
満月
夜空が
一段と寒い

雑草

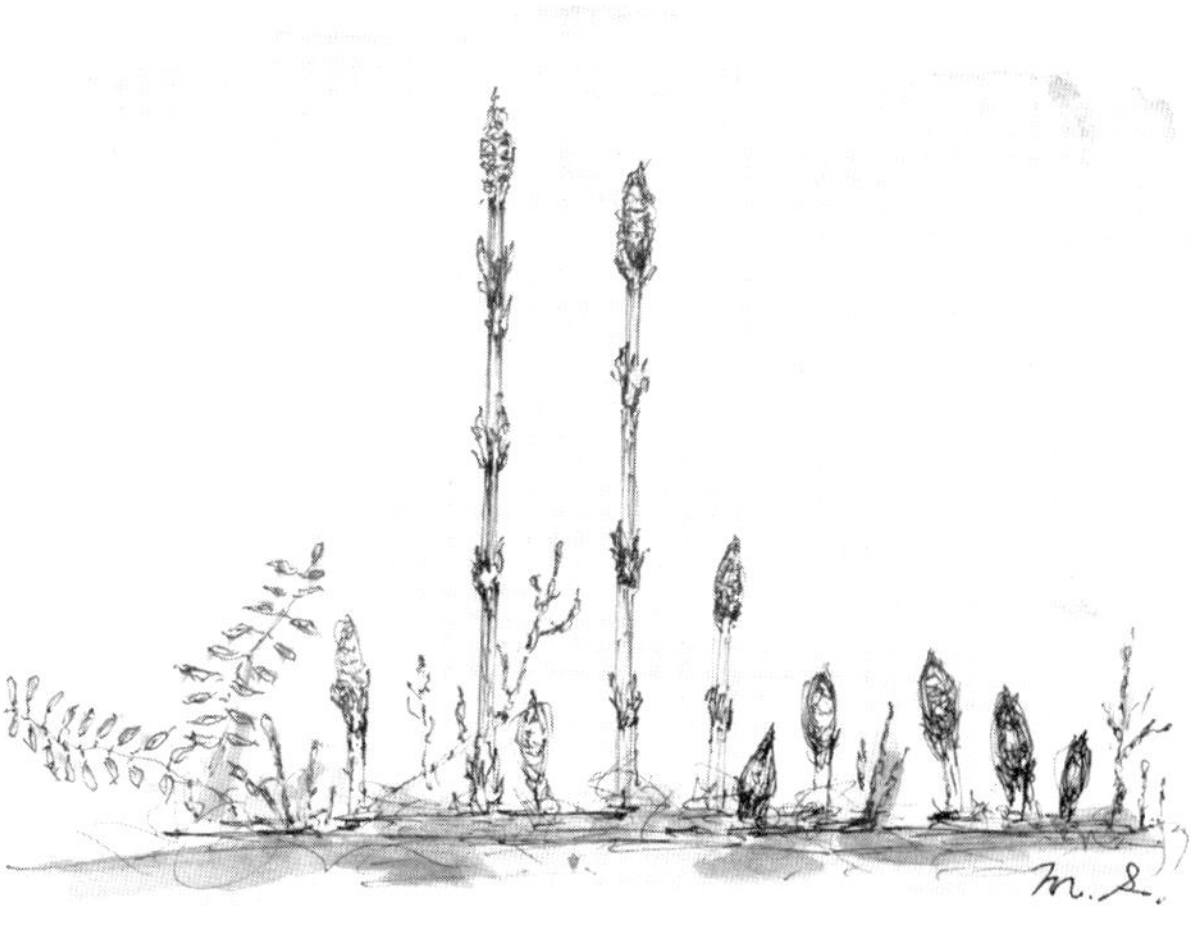

気の毒だよねえ
人間に合わないものは
みんな
雑草にされ
害虫にされて

久びさの
庭掃除
虫退治
兼ての
草むしりだ

人間の都合だけで
不用物にされたのでは
たまったものではない
雑草という名の草は
無いというではないか

叩いても
たたいても
生命を残して
逃げる
小蝿《こばい》

小蝿を
本で叩いて
ご愁傷《しゅうしょう》さまと
合掌する
中年男

中日の夜に
することかと
思いながらも
諦め切れぬ
蚊とのバトル

手の甲に一撃
それは
人間さまの血を吸って
蠅《はい》のように脹れあがった
蚊の最後

頬っぺを
叩かれ
ありがとう
藪蚊《やぶか》を
退治してくれて

蚊よ　お前も
生きているのか
寒い夜の
トイレの
大理石の上

マンションに住む
娘がいう
蚊が七階まで
エレベーターで
上って来ると

手洗で　蜂らしき
羽音が聞えていたが
大きな爆発を一発
かませてやったら
音はピタリと止んだ

明暗を分けたであろう
コンクリート舗装
あちら側の蝉に
光は
あったのだろうか

外に出られなくて
蜉蝣《かげろう》は
その短い生命を
大理石に
横たえる

もっと
生きれたであろう
小さな生命
シャワーの水で
流してしまった

なんにも無い所で
どうやって
生きているんだ
ゴキブリよ
お前は　偉い

手洗いに
明りを入れる
床を這《は》う
黒い影
ゴキブリだ

小さな生命《いのち》も大切にと
教えられてきた
それなのに今日もまた
ゴキブリの生命を
奪ってしまった

確かに　ゴキブリを
殺《や》ったつもりであった
しかし　家人は
姿を見なかったという
逃げられたのだ

スリッパで
二度も踏まれ
死に態であったのに
翌朝には姿を消している
ゴキブリ

ゴキブリも生命が
惜しいとみえる
スリッパに手をやった
その瞬間の動きの
早いこと　早いこと

踏ん付けたはずの
ゴキブリ
パジャマの中を
股座《またぐら》まで往復し
逃げていった

スリッパを潜り抜け
素手をかわし
殺虫剤からも逃走する
ゴキブリの動きの
早いこと　早いこと

ゴキブリの動きが
早いのか
老人の行動が
鈍いのか
はたまた　その双方か

動けなくなり
佛前に蹲《うずくま》るゴキブリは
わが亡き妻の
化身ではなかろうかと
呟《つぶや》く寡夫《かふ》

オケラだって
生きる権利も
あるだろうに
人間が勝手に
潰《つぶ》してゆく

蟻《あり》は働き者だ
寒い冬に備えてか
私が抓《つ》んだ爪までも
ヨイショコラショと
運んでゆく

蟻に喰われたぐらいで
驚くことはない
大抵の場合
人間さまの方が
悪いのだから

出来たばかりの
園庭の芝生を
引っ繰り返して廻る
いたずら坊主の
カラス

庭の苔たちが
ずたずたにされ
裏返しにされている
カラスたちの悪戯か
朝の驚き

またカラスが
そう思ったが
鳩であった　と家人
前科があるだけでは
犯人とは云えないよ

寺の塔の欄干に
カラスの番《つが》い
仲よさそうに
口付けしている
あの猛禽の烏がネ

家人の睡眠を
邪魔していたのは
鼬《いたち》
猛獣の類《たぐい》だそうだ
可愛い顔してるのに

困ったものだ
明け方までも
家人を
眠らせぬ
イタチ

どうやら
イタチの一家が
棲みついているらしい
プロが一匹連れて行ったのに
まだゴソゴソやっている

食い残し
イタチが人間の
真似をするのか
飽食の時代の人間が
イタチに成り下ったのか

野良猫が
水蓮の鉢の
水を飲んでいる
すぐ隣に湧水が
あるというのに

飼猫より
野良の方が好きだと
サッカー少年はいう
自由が効くというのが
その理由だ

ノラ犬や　ノラ猫
絶滅種などの起らない
生態系のまどかな
そんな地球で
あって欲しいな

攝理のままに
生きてる動物
これに背を向け
生きてゆく
人間

繰りかえし
くり返し
窓ガラスの貫通を
試みる
小鳥

何という
生命力
半分に切られた
玉葱から
勢いのいい新芽

ちびっ子たち

一陣の風に
桜が揺れる
突然の花吹雪に
園児たち
小躍り

これが親父の
孫だよ　と
ハイテクの
胎内写真で
次男坊

ひい爺さんが　立ったまんま
こわごわと　だっこしたので
生れてまだ三ヶ月の　ひ孫は
もう　怖くて怖くて
大声を　あげてしまった

まだ半歳の
内孫に
遊んで貰う
爺と
婆

合掌をし
木鉦や太鼓を叩いて
老僧を驚かす
一歳と二ヶ月になる
門前の小僧

どこかのお婆ちゃんが
笑いながら
じっと見ている
小さな孫が
鼻糞を食べるのを

列車の中で
悪戯を仕掛ける
幼児
それを無視する
老人

クツがなかったから
ママにだかれてるの
ちっちゃな
お兄ちゃんの
言い分

おじいちゃん　ハイ
郵便を手渡して
小さな孫は
小雨の中を
駆けてゆく

おじいちゃんも　おばあちゃんも
かっこよくって　かァわいい
お正月を控えてかと
疑いたくなるような幼い孫の
とびっきりのお世辞

一瞬
考えさせられる
記憶忘れのおじいちゃん
と
孫から云われ

今日どうして　その靴なの
と尋ねると
機能性がいいから　と四歳児
機能性がいいって　と問うと
動きがいいって云うこと

大人だって
甘えたいから
どこで覚えたのだろう
これが
四歳児の云うセリフか

ちびっ子に
風邪の具合は　と聞けば
まあまあ　と云い
咳の方は　と尋ねると
少々　と　まるで大人

これ！
画伯の新作！
そういいながら
絵の好きな五歳児は
自作の絵をママに見せる

夫婦は別れたのに
子は双方に
ぶら下がっている
親子とは
そんなもんだネ

保育園の
園庭の片隅で雀が
雨水を飲んでいる
その動きの
可愛いこと

手を振れば
よろけながら
近づいて来る
保育園児の
可愛いこと

自分たちが摘んだ花を
御見舞にと呉れる
三歳児たちの
かわいいこと
うれしいこと

無菌室の中で
免疫が
育つとは
思えない
私には

節分会星祭り
保育園児たちの
目をみはるような演奏
父兄たちも爺婆たちも
思わず喝采

園児たちの
鼓笛の音が
響き渡る
もう彼等の
夏祭りも近い

夏祭りの
オープニングの太鼓が響く
園児たちが踊り始めると
父兄たちはそれに和し
大衆は身体で拍子をとる

ママに手を引かれ
家路を急ぐ園児たち
茜色の空を
塒《ねぐら》に向う
カラスの軍団

残念ながら
私の身長より
高かったとぼやく
蝉取りに失敗した
保育園長

卒園式の終った
翌朝の
静けさ
破る
雨垂れの音

保母さん達の
歓送迎会は
渦巻くような
泣き
笑い

呼び慣れぬ
保育士の名で
呼ばねばならぬ
入園式での
もどかしさ

職業名は
保育士
呼称は
保母さん保父さんで
いいではないか

小学校の一年生がいう
あのおじさん
僕の飲み友達
もっとも僕は
コーラだけどネと

カレーの店なら
日本の味より
インドカレーにするワ
こまっちゃくれた
小学二年の女の子

古いものほど
新しいのです
近年首都圏では
小学校の卒業式に
羽織袴とか

あれなら
迷子には
ならないだろう
父子で
お揃いのTシャツ

卒業したばかりの子に
ママが居ないと出来るんだ
と云えば
うん　ママは邪魔って
強がって見せる

遠来の
孫達の
帰った後の
静けさ
淋しさ

でき愛からか
子の間違いに
加勢する
母性の
ゆがみ

コロナが流行らなくても
外では遊ばない
子等はいつも
妙な機械と
対面していて

若者ら

老婆が立ち上ると
座席に坐る若い娘
どうやら老人とは
並んで坐りたく
なかったのだ

ケータイ二台
両手で扱いながら
同時に
食事までする
現代っ子

昔の学生は
歩きながら
本を読んだ
今の若者は
電話しながら歩く

庭の隅に
白い花を見つけた
それは
初恋を思い出させる
口無しの花

思っただけでは
通じないよ
人間
やはり
言葉

縫《ぬ》い包《ぐる》みの犬が
笑っている
きっと今日は
君にもいいことが
あったんだ

図星なんだろう
その娘は
顔を
耳朶《みみたぶ》まで
真赤に染めた

和服姿の
女子新成人が
送ってくれた方に
サンキューと云って
手を振る違和感

淑《しと》やかな和服姿に
手を振っての
サンキューは
昭和　一桁には
馴《なじ》まないのです

やるべきことは
自分で
求めた
近代までの
人間はネ

今の若者は
指示待ち人間か
上司からの
指示がないと
決して動かない

Kさんの甥っ子は
ドイツへ留学
Mさんの孫娘は
メキシコとか
今や地球は狭い

私の孫娘は
韓国へ渡り
内孫の男の子などは
反対を押しきって
カナダへ飛んだ

冬のソナタのヨン様
サッカーの
ベッカム様
日本にいい男は
いないのか

アテネに
日章旗が
翻《ひるがえ》る度毎に
テレビの前は
歓声の渦

どの競技も
どの種目も
まるで曲芸だ
スポーツの域を
はるかに超えて

日本もまんざら
捨てたものでもない
まだ
羽生選手がいる
藤井七段もいる

しとしとと降る

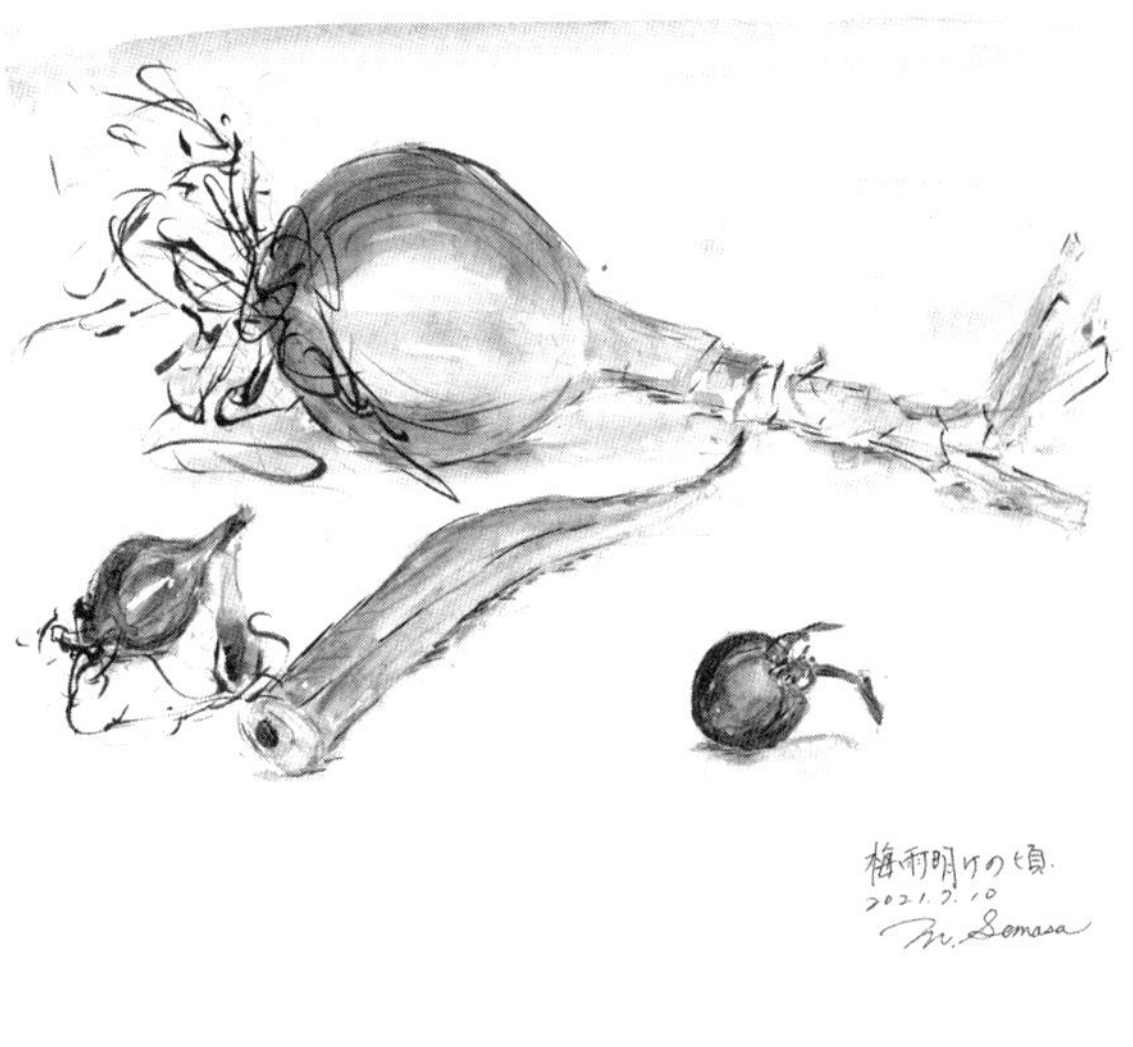

芯からは
惚れないという
きっと
ほんとうの愛が
ほしいのだ

みんな
可愛い
みな
それぞれに
美しい花

何が面白いといって
人間ぐらい
面白いものはない
男と云わず
女に限らず

歌い手に
聞き惚れる
女がいる
それを見ている
男がいる

男は
呟《つぶや》く
たまには
茶漬も
いいかなと

男たちは
口を揃えていう
隣の
芝生も
悪くはないなと

男の呟き
女の叫び
それぞれに
理由も
あるものよ

男がいう
俺はふて寝だってできると
すると女がいう
腹がたったら
ふて寝なんてできないワと

キリキリと
胸を刺す
君の
怒りは
恨みにも似て

感情の
増幅装置の大きいのは
女
制御のそれは
男

女は憲法
男は行政
それでも
いいではないか
平和でゆけるなら

男と女は
互いに半月
二つで
一つの
満月だから

「ふたり共和国」
何かと
見れば
愛の
宿

しとしとと
降る雨
あなたを
思う
雨

電話に
君の声が
出ないと
地球が
消える

出合いは
いつも
惚れて始まり
別れは
振っていただいて

失った恋の数ほど
優しくなれる
その詞華《ことば》を
しみじみと
噛みしめる今

今では昔
密かな思いも
燃え立つ恋も
蕩《とろ》けるような
至福の刻《とき》も

私は決して
遊び人ではない
ただ自分に
正直に
生きただけ

白髪のアベックが
腕を組み戯《たわむ》れながら
歩いている
頼もしいというか
気恥ずかしいというか

笑うな
ほんとうに
百まで生きたら
百歳の
恋をするんだ

祭りと故郷

何て
美しい
吉備の山々
五色に
映えて

黄昏て
吉備の山並シルエット
オレンジ色の月
静かな光を
投げかける

ふる里の
美しい山並が
また消える
都会のコンクリートを
造るため

乗り方も
降り方も
分らない
久しぶりの
故郷の列車

喘《あえ》ぎながら
女子高生の一団が乗る
その昔　私達が
おんぼろ列車に
乗り降りしたホームから

久びさに
山里へ向う
列車に乗る
山々は
秋満開

列車が走り出すと
その傍で
枯葉たちは
舞いあがり
ダンスをはじめる

旧式の
列車が走る
紅葉の
錦を着はじめた
故郷の山野を

車窓に
映る
彼方
ふる里の
秋景色

トンネルを抜けると
中学時代の
マドンナの家
過去を抱いて
列車は走る

晴れ渡る
秋空
静かに
横たわる
みどりの山並

母のふる里
そう
思うだけで
顔は車窓に
近づいて

ふる里の柿の実は
幼い頃を
語りかけ
一コマ一コマ
映し出す

ふる里の山間で
オイと声かけられて
振り向けば
バイクに乗った
懐かしい顔

七十年ぶりに訪ねた
小学校の跡地には
可愛い保育園一棟
淋しい中にも
かすかな救い

夢は儚《はかな》く
奪われた
星降るはずの夜は
あいにくの
曇り空

美星という
星降る郷の
渓は
楓を
紅に染め

コスモスが
綾を織る
いつもなら
黄金の波うつ
減反の田圃

仲良さそうだ
二人並んで
金烏城を撮り
同じポーズで
後楽園を写し

岡山の城は烏城《うじょう》
烏城はまたの名を
金烏城
何たって
鯱は金色だから

若葉が萌える
後楽園のあたり
近隣の山々も葉桜も
みんな一つに
溶けあって美しく

台風一過
青空が戻り
夏祭りの
スタッフたちが
一気に動く

青空の下
境内を人が埋め尽し
バザーのテントは
笑い声と活気に
包まれる

オープニングの
和太鼓が響く
ダンスショーなどで
舞台が滑り出すと
祭りは一気に盛りあがり

市長選出馬の
面々らが
入れ代わり
立ち代わり
夏祭りの舞台へ

今時の
選挙戦を
勝ち抜くには
鶯嬢より
イケメンの烏《からす》とか

祭りの会場は
大勢の若者たちが
てきぱきと片付け
打ち上げの席では
思いきり気炎をあげる

一人が
歌い始めると
小さな舞台は
アマ歌手で
目白押し

泣きの表現
怒りの語り
プロのような
アマの
歌い手

上手な
歌い手
唄う前から
身体が
謡っている

久しく歌っていない
などと云いながら
言葉とは裏腹に
上手に歌い熟《こな》す
セミプロ

まだ
若い者には
敗けないヨと
声張り上げる
米寿の翁

もう夜も九時なのに
街を通り抜けて行く
若者たちの歓声
あれはきっと　うらじゃ※の
踊り連の掛け声

※うら（温羅）＝鬼の名前
「うらじゃ」は岡山弁で「鬼だ」という意味。

ときに私は
晴れ男と呼ばれる
でもこの地は
もともと
晴れの国

晴れの国
岡山に
珍しく
雪花が
舞い

吹雪くこともなく
真夜中に
音もなく薄化粧
晴れの国ならではの
季《とき》の景

旅の思い出

朝靄を突いて
魚を釣る
人影
湖畔に
のんびりと

霧の
大歩危小歩危《こぼけ》
吉野川は
白波を立てて
流れる

山ん中は
霧に閉され
白一色
ときに朧《おぼろ》
竹藪杉木立

深緑の流れが
急に濁流となる
分水嶺の近くは
きっと
雨だろう

いつの間にか
緑の絨毯が
と思いきや
水に映った
樹々のみどり

面白い地名も
あるものだ
土佐に入ると
高知の手前は
御免

半円に広がる
水平線に
白く
客船の浮ぶ
足摺の岬

遍路の寺の
卯の花の
葉っぱの上で
蝸牛《かたつむり》
禅定

堀川の水面に
彩光が映え
天守閣は
ライトアップされて
天空に浮ぶ

ぼっちゃんの湯に
身をあずければ
過ぎし日の
友の顔
浮かび

道後温泉本館の玄関は
昔は北側にあったという
道理で　振鷺閣の
棟につけられたサギは
北向きだ

灼熱の日の
瀬戸の海
ボートの
美女は
カナダからとか

海に浮んだ
真赤な夕日
燃えながら
瀬戸内の
島に沈む

放出《はなてん》・徳庵《とくあん》
運転手の語る
地名の中に
古人《いにしえびと》の
生活《くらし》を思う

南朝の
公達《きんだち》たちの哀愁を
車窓に浮べながら
ぼんやりと食う
名物　柿の葉ずし

声美人のガイドは
男芸者の〝冷奴〟
冬には〝湯豆腐〟に
なるという
爆笑の渦紀州路を行く

彼女たちは
着物を
着るのではない
粋を
羽織るのだ

赤々と
燃えながら
夕陽
傾く
志摩の海

夕陽が
西に
傾くと
空も海も
真赤に染る

夜も更けて
天空風呂に
身を沈めると
潮騒の
調べは間近

天空庭園の
風呂から
入江を望めば
岬の空に
夕日の茜

オーシャンビューの
ソファーに
腰を降ろすと
大海原は
すぐそこ

霧の道を抜けると
足もとから
雲海が広がる
爽やかな風が
心まで解《とか》す

女城主直虎の
跡を訪ねる
そこには彼女の
息づかいが感ぜられ
感激ひとしお

井伊家ゆかりの
古刹の名園
石たちは
心の世界を
謳いあげ

池泉回遊式の
庭園を巡る
時折風が
ほほを
撫でる

国宝
彦根城は
息を呑むほどに
美しい
たたずまい

霊山の名刹が
城砦《じょうさい》に変り
時を経て
廟になったという
久能山の転変

小人数には
やや
広過ぎる
湯の街の
宴の間

艶やかに
華やかに
湯の街の
歌舞練場の
華の舞

三味の囃子《はやし》に
長唄小唄
湯の街の
芸妓の踊りに
粋を見る

熱海の名邸を
訪ねる
大正昭和の
文豪たちが
ペンを走らせた

大正浪漫の
薫り立つ
起雲閣
文豪たちの姿
彷彿

伊豆大島の
レインボーロードは
七変化
どこまで続く
紫陽花の花

横須賀は昔から
海軍さんの街
港にはフリゲート艦
街中には
東郷さん縁りの宿など

小笠原の海には
カニ食うタコを
襲う魚がいるという
まさに　弱肉強食の
熾烈な戦いの場だ

空は
水色に澄み
白雲は
夕陽に
輝く

日没の刹那
白雲たちは
一斉に
金色の
衣を纏《まと》う

黒に溶けた
海面を
白波たてて
疾走する
クルーザー

街の
灯影が
波の向うに
一文字を
書いてゆく

寅さんゆかりの
古刹を訪ねる
柴又は今や
浅草を凌ぐ
勢いであるとか

水平線に浮ぶ
オレンジ色の帯から
煌煌と登る
旭が森の御来光の
何と美しいことよ

鯛の浦に
船を出す
天然記念物の
大鯛の群れに
あがる歓声

しばしば目が覚めるのは
きっと枕が高すぎるから
バスタオルを枕にやっと
寝られると思ったら
宿は　もう朝

霞を引く
甲斐の山々
頂上近くの
稜線だけを見せる
富士

頂上を隠す
大きな雲
それが無ければ
もっといいのにと
念ずる人々の目

肺活量が
ちょっと足りない
富士山の
頂に掛った
雲を拂うには

湖の対岸に
朝靄を破って
白雪の富士が
くっきりと
顔を出す

雲間から
富士山が
顔を出す
みなが思わず
歓声をあげる

この頃は
水の無い川
かつての
三大急流
富士川も

湖畔に広がる
田園に
夕闇が
薄いベールを
懸けてゆく

総門に入るが
幾十台ものバスが
行く手を阻む
聳え立つ三門の辺りには
すでに数百の善男善女

巨漢の君も
小さく見えるよ
あの三大門の
たもとに
立てば

一段三十センチもあろうか
急勾配の石段を登る
二百八十七段を登りきると
言葉も出ないほどの
壮麗な伽藍が整然と佇み

堂内をうめた
善男善女
響き渡る
三百もの
僧の声明

霊山の
奥の院に向う
錦絵のような緑たちも
今日は深い
霧に包まれ

霧に烟る
翠の幽谷
ゴンドラの下方に
ぽっかりと浮ぶ
霊山の甍

清流にも
霊気漂う
聖廟の前
いつしか
心洗われ

閑静な
佇《たたずま》い
心安らぐ
出湯の
宿

南木曽《なぎそ》の宿は
メルヘンの宿
ロッカーも石風呂も
露天風呂などもみな
奥山の絶景につながり

御岳山の上空に
美しい虹が出た
円と直線とが
つながった
鮮やかな彩り

一段と波高く
佐渡への流罪も
延ばされたという
日蓮の霊跡も
今日は凪ぎ

良寛の
足跡に立つと
佐渡を背に
日本海は
波静か

深夜の駅に
降り立つと
日本海からの
強い風が
頬を打つ

ここは魚津
駅には
蜃気楼情報
専用の
テレビ

車窓は
春の景色を
映しているが
立山連峰には
まだ雪

目を覚ますと
列車は早
坂本のあたり
左には波立つ
琵琶湖の水面

叡山からの
伏流水が
今は
名酒に
なると言う

伏見の山の
御陵は
霧に
包まれ
さらに厳か

紅葉に
燃える
京の寺
打寄せる
人の波

普茶会席で
みな
布袋に
成るか
黄檗の寺

祇園の茶屋で
お先に失礼と
帰りかけた客に
それは失礼だと
後から来た常連

ちょっと
お身内がなければ
見えしまへんネと
眼鏡を探す
茶屋の女将

嵐亭の名園は
紅に燃え
借景の嵐山は
紅葉の
錦

秋深い
嵯峨野路の山荘
木漏れ日の
茶席に
紅葉の嵐

石山寺に
紅葉の絨氈
その傍には一本の
万灯を思わせる
鈴《すず》生《な》りの柿

名勝の紅葉だけが
秋ではなかろう
芒《すすき》の原や
栗樫の紅葉も
また風情

タジマハール
M. Semasa

西安は
華清池の
九龍の湯煙に
楊貴妃の
艶姿《あですがた》を見る

兵馬俑坑の巨大さに
息を呑み
碑林《ひりん》の名句に
心遊ぶ
古都長安（西安）

秋の宵
槐《かい》の並木越しに
大雁塔を拝し
かの三蔵の
偉業を偲ぶ

敦煌《とんこう》は
ひんやりとした空気
澄みきった青い空
莫高窟《ばっこうくつ》に
慈光の輝き

舞姫達の
飛天の舞に
中印交流の
遠い歴史を
垣間《かいま》みる

蒼い夜空に
満天の星
ウイグルの夜は
まことに
美しく

自転車も自動車も
牛車も一緒だ
網を担いだ
少年たちも
のんびり歩く

果てしなく続く
ミャンマーの
穀倉地帯
ときに林
時に森

あの山で
この川でと
遺族たち
英霊の
父を語る

どんな思いで
六十年前を
平原の彼方を
じっと睨む
老兵

静かで美しい
シッタン川
水底に沈んだ
兵士たちの魂を
浄めて流れる

ミャンマーの
平原に
時折現われる森
金色に輝く
パゴダの偉容

白亜の殿堂を思わせる
タージマハール
愛妃に捧げられた　この
世の中で最も美しい廟に
今日も世界中から人の波

白雲の
切れ間
下方遥かに
ヤムナ川の
蛇行

水牛がのっそりと
街路を横切る
豚も仔山羊も
のんびりと
一つにインド

大樹で囲まれた
雑踏の街路を
大揺れにバスが行く
釈尊の歩まれた道を
逆に

競争で
生きている
日本人
自然と共生の
インド人

関空へ帰省し
紅葉の播州路を
ふるさとに向う
美しい山々
清らかな流れ

薄みどり色の海苔

春日の二月
寒風の三月
それは
人間の
悪業の所為

暑さ寒さが
彼岸を過ぎても
まだ続く
異常気象の
とばっちり

暑すぎる夏
寒すぎる冬
どれもこれも
人間の係わった
異常気象

異常気象も
いいとこだ
昨日夏日だったのに
今日はもう
冬の気候

昨日は冬着
今日は夏もの
毎日のように
装いを替えさせる
異常気象

年々歳々
温暖化が進み
異常気象発生
どう見ても
原因は人間の悪業

大型台風の波状攻撃
うち続く惨事
仕方あるまい
人間が自然を
怒らせるから

有明海の海苔の色が
薄みどりに劣化
温暖化が進んで海は
23度以下を保てず
栄養不足になったのだ

道後の宿の
朝食の海苔は
薄みどり色だった
きっと　これも
栄養不足のせい

日本近海を北上する
海のギャングたち
人類滅亡への
警鐘を鳴らす
人食鮫　毒水母《くらげ》

蝸牛《かたつむり》が
姿を消した
蛞蝓《なめくじ》よ　お前は
蝸牛の
ホームレスか

街に月の輪熊が
出るという
地球の温暖化で
冬眠できず
餌を探しての行動だ

わが街の
小学校近くまで
猪が散歩に来た
今では街中でも
おちおちは歩けない

熊が悪いのではない
猪が悪いのでもない
地球を
温暖化に導いた
人間さまが悪いのだ

早急に温暖化を
喰い止めねば
この星は
人の住めない
廃墟となろう

虎やライオンは
一頭　捕えれば
終りにするが
人間は
足るを知らない

もっとも強欲なのは
人間だ
まだ足りない
もう少しだと
いくらでも貯える

人は木を伐り
水を汲み揚げ
もとの姿を
跡形も無いまでに
変えてしまう

山を壊し
川を堰き
何億年の生成を
瞬時にして
壊してしまう

俺はトランプと同意見だ
そう豪語するある国の長《おさ》
自国ファースト
自国さえよければ
それで良しということか

アマゾンの酸素が消えたら
人類はどうなる
焼き畑農業は
自国の問題だと
国の首長は　うそぶくが

最終的には
自分さえ良ければ
ということか
子や孫を
犠牲にしてまでも

環境の問題に
警鐘を鳴らす
十六歳の少女の
勇気と行動に
頭が下がる

人間にとって
地球は
もっとも
大切な
存在

地球にとって
人間は
一番
不要な
存在かもネ

この青い星を

ススキの雪
妙山と恋ぶ M.Semoo

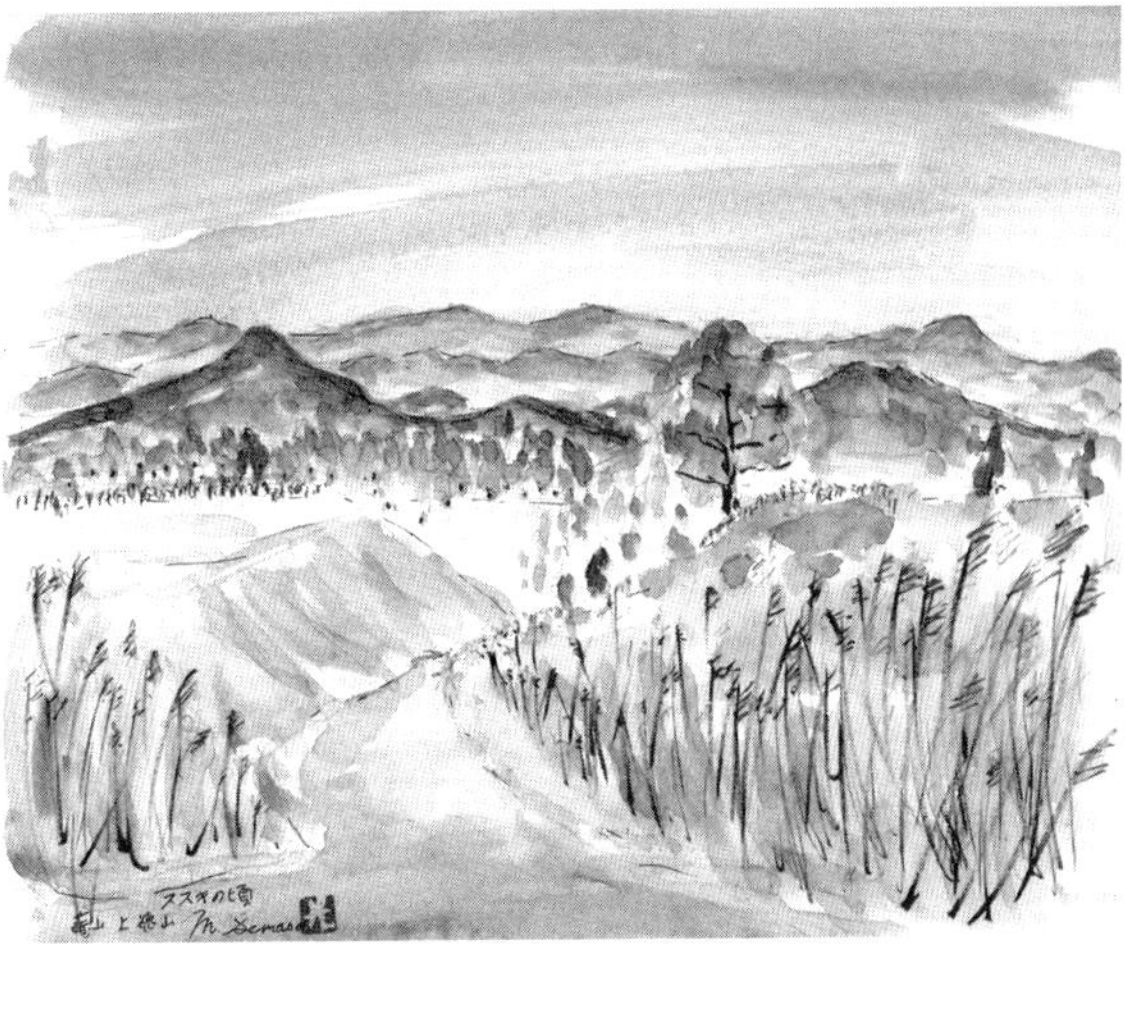

みんなで
智慧を出しあって
うまく　やろうぜ
この青い地球を
失わせないために

水を汚す
空気も汚す
人は地球を
息絶えるまで
締めつける

これから人間は
どう対処するのか
扱いのできない
あの巨大な
化け物を造って

糞は箱に詰め海に
尿は貯蔵タンクで
国土いっぱいに
そういうつもり
ではなかろうな

糞は六ヶ所村に
汚染水は福島の海に
まさか　そんな風に
思っては
いないよネ

負の遺産を
子々孫々に残すのは
大変な罪悪だ
当代で処理すべきは
当代で片付けようよ

時候のいい時に
クーラーなど
使うのはよそうよ
地球は今
病んでるんだから

物の　ほんとうの
ありがたさは
分るまい
飽食の時代しか
知らない世代には

大きなケーキを
前にして
七等九等分にされた
小さな羊羹の
一切れが懐かしく

昨日のように
思い出される
芋蔓《いもづる》を喰ったり
蝗《いなご》を食した
そんな時代が

戦中戦後の
苦しい時代を
生きぬいて来たんだ
物騒なもの無しでも
生きてゆけるさ

人類は
貯えてしまった
地球を
何千回も
破壊する力を

昨今は　春雨でも
濡れては行けまい
黄砂や放射能が
遠慮もなく
降ってくるから

西の風が
唸っている
また黄砂や
ＰＭ2.5が
やって来るのだ

災害のないここ岡山にさえ
黄砂が飛来し
放射能の雨を降らす
どんな事柄も
人ごとでは済まされないヨ

忘れた筈の過去が
突然
唸り声をあげて
現在に
襲いかかる

従兄の遺骨
ウランバートルより
帰る
半世紀も過ぎて
やっと

あれから　もう　七十有余年
それなのに　まだ
取れども　捨てども
瓦礫の出てくる
空襲の被災地

勝者も
敗者も
無い
戦争はすべてを
負にしてしまう

散った五千
生還の五百も
今は傘寿
鎮魂の大佛
山頂より里へ遷る

老兵の
形見の椿が
やっと咲いた
じわじわと開いて
やっと

ビルマ会最後の
兵隊さんが逝った
残ったのは
戦争を知らない
二世ばかり

戦争の無惨さ
平和の尊さを
知らない世代が
何故か戦争を
したがっているような

戦争の
足音が聞える
もう沢山だ
あの時へ
帰るのは

二十世紀で終るかに
思えた戦争だが
今世紀も続いている
地球がふっ飛ぶまで
続けるのだろうか

首長はいづれも
自国ファースト
戦争はするは
格差を生むは
原発原爆その上コロナ

自国の法が
世界の法だという
驕《おご》り
世界の平和に
寄与するだろうか

お互いが
自分の価値を
押し付けたのでは
成るべきものも
成らないのでは

たとえ豊かであろうとも
平和を脅《おびや》かす道は
ご免だ
どんなに貧しかろうと
平和であることが一番だ

大国の
頭が代った
ほんとうに
成るといいネ
希望と刷新

ある社会心理学者はいう
世の中　個人も国家も
幼児化している　と
「イエス」か「ノー」かだけで
全体や多面が見えていないのだ

砂の文明が
一神教を生んだ
土の文明は
多様性を
受容する

互いに
相手の立場を思いやろう
狩猟民族の生活を
農耕民族の特性を
そして砂漠の民の苦悩など

天才的な物理学者
ホーキング博士は
警告した
今　地球を脱出しなければ
人類は亡びる　と

銀河系の外に
地球に似た星が
二・三あるという
さあ　これに向って二百光年
世代交替しながらの　長旅だ

一年以上もかけて到達した
火星探査機
風力や地震の方向を調査し
水のあることを探知した
君は　なんて賢いんだ

人類当面の移住先は
水があるであろう月と火星か
もっとも　これは
私どもの去った
遙か後のことであろうが

宇宙飛行士たちが
青く美しい星
と呼んだこの地球
みんなの手で
護りたいもの

俺たちはみんな
この青い星に
生きているんだ
お互い　仲よく
やってゆこうぜ

爽やかな風を
清らかな水を
和かな光を
永遠に
地球を

土筆《つくし》が芽を出し
野菊や
タンポポの咲く
地球こそは
われらが大地

天には星
地には花
そして心には
愛と平和が
いつまでも

心づかい

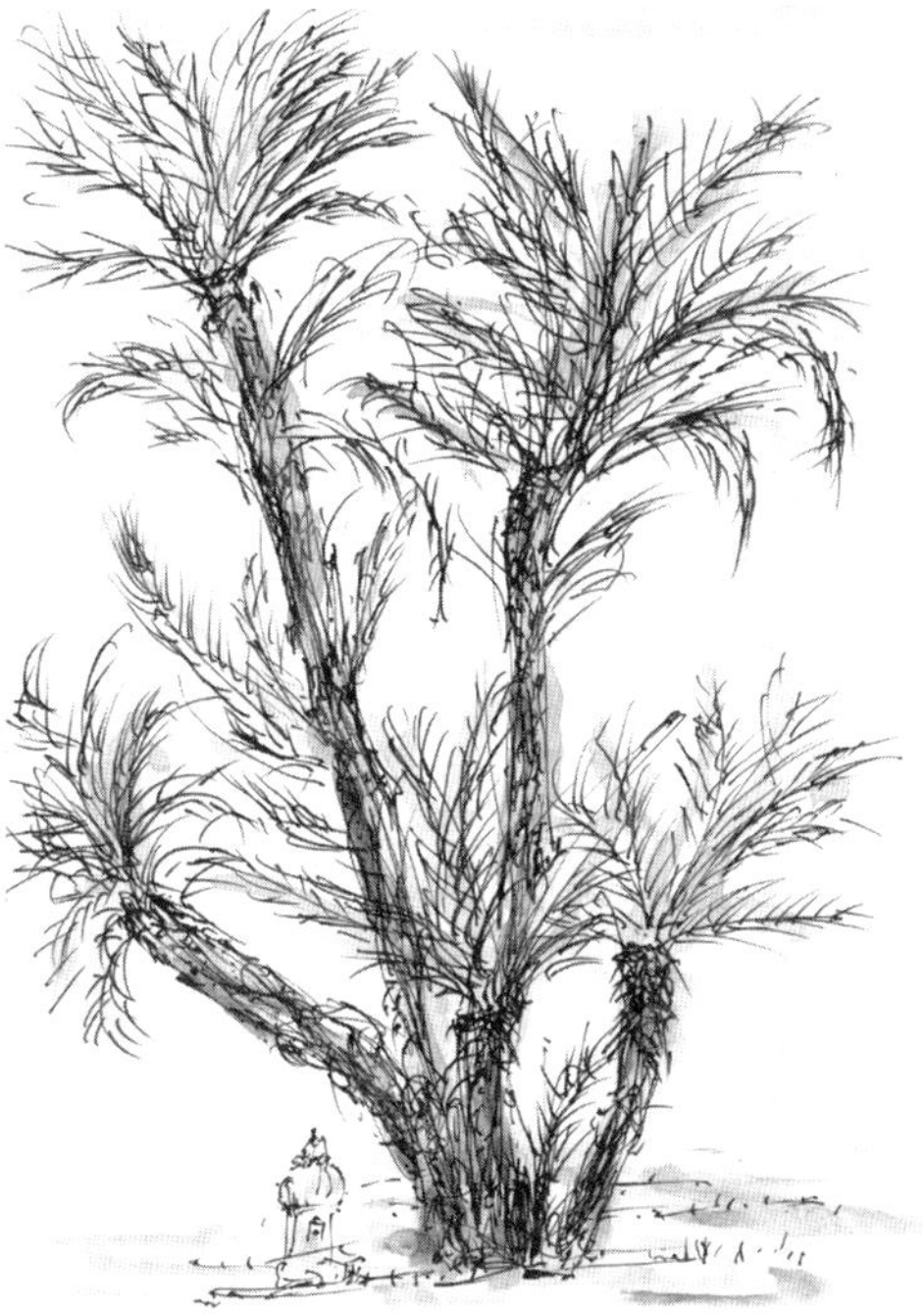

わが思いにだけ
生きる人
他者の
思いを
大切にする人

自分だけしか
見えない人
他者にも
目を
配る人

心配りは
いわゆる
心配を
しない
ため

知人は誰も
いなかったのか
東京砂漠の
ど真中で
独り逝く

平素から
ご近所さんは
大事にしておこう
お互いの
幸せのために

近隣の
鉢にまで
水を遣る
貴女は
偉い

通りがかりに
転がっている
芥を見つけ
芥箱まで運ぶ
奇特な婦人

余分を持てば
不満が出るという
心美しき
女の
言の葉

その荷物
重た過ぎます
ご老体には
杖でなく
手押しにしては

蹲《つくばい》の側《かたわら》の岩松が
ちょいと腰を
曲げている
柄杓の水で
撫でてやろうか

飛び石のあたり
紅葉に染められ
風情さらに深まる
掃除する者には
大変だろうが

洒落た帽子だねと
行きずりの少年に
声をかける
にっこり　笑顔が
返ってくる

パトロール中の
オマワリさんに
ご苦労さまと声を掛ける
返礼は
少年のような満面の笑み

見知らぬ少年の
今晩は　につづき
若い女性からの会釈
今夜はなんて
気持のいい

徒歩で来た者と
自転車で来た男
見知らぬ者同士
何を語るか
川畔のベンチ

佛壇の花が
ローソクの炎に
焼かれそう
そっと傍へ
寄せてやる

受話器のコードが
痛いという
乱暴に扱われ
重い本体の
下敷にされ

暮の大掃除済ませ施錠し
店のドアに向い
ありがとうと最敬礼
ママさん
あんた　立派だよ

まだ赤だよ

信号を無視して
若者が
自転車で横切る
老人は
じっと待つ

若い女が信号の
赤を無視して
横断歩道を渡る
しかもメールを
打ちながら

若い女が
自転車で
通り過ぎてゆく
公衆の面前を
大欠伸《あくび》しながら

赤信号を平気で渡り
横並びで歩くのは
若者たち
変るのを待つのは
おおむね年寄り

これでいいのか
赤信号を
突走って
行くのは
若者ばかり

交差点で待つ
自転車の間に
割り込んで来て
オッドリャーと
凄む　中年男

見て通れば
睨《にら》んだと言い
見ずに通れば
無視したと云う
厄介なご仁よ

向うから老人が
ヨタヨタとやって来る
オイ　おっさん
シグナルは
まだ赤だよ

如何にも人生
終ったと
いわんばかりの
貧相な
歩み

信号が変っても
喋りつづける
おばちゃん二人
押しボタン
押したのも忘れ

歓楽街の車道の
そのど真ん中を
悠然と闊歩する
命知らずの
夜の蝶

暴走族の
エンジンが
吠えたてる
迷惑を掛け
生命を懸けて

暴走の
轟音を
聞く
深夜の
怒り

泥水を吐いて流れる
大川の水面を
水上スキーで
走り廻る
大馬鹿者

小犬を避けて
オートバイで横転
即死したという
きっと
心根の優しい青年だ

大型トラックに
金色の菊の紋章
驚いて
数えてみれば
十五の花弁

横書きされた
混ぜればゴミ
分類すれば資源
ゴミ収集車も
立派に見える

朝鮮歌舞団の
公演阻止を狙う
右翼の街宣車
暴発を防ごうとする
機動隊

運命のいたずらか
「保守政党」の
事務所の隣りが
皮肉にも
喫茶「蟹工船」

浮き世まんだら

言うと言わないだけ
知ると知らないだけ
みなが　それぞれに
「大変」を抱えて
生きてるんだ

歩道の塵を
車道へ掃き出す
老店主
そんなのってあるかい
二階の窓がそう叫ぶ

右を向いても
左を見ても
エコではなく
エゴで
いっぱい

人間とは
強欲なものだ
満たされれば
つぎに不足が
欲しくなる

完成すれば
今度は
未完成が
欲しくなる
困ったものだ

新たに買った
中古自転車の
ライトが喘《あえ》ぐ
いかにも古いと
云わんばかりに

そこのけそこのけ
自転車が通る
中古のそれの
ランプの音は
ベル代り

人間って
勝手なものだ
自転車の
ギィーの音が消えたら
それまでの音が懐かしく

豪邸に
住めば
バラックの
昔が
懐かしく

鳩の糞に注意をと
駅の壁に貼り紙が
隣りの客は
パイプの噴煙
これは憤慨に価する

鳩の糞害に
憤慨する人
糞を懸けられ
運が付いたと
喜ぶ人

暗い所で
落した物を
明るい所で
探す
無知

自分以外
みな
アホだという
井の中の
蛙

口をはさむのに
行動しない人
だまって
黙黙と
動く人

轟く雷鳴
走る稲妻
民の審判
政界を
揺るがす

鳶《とんび》が
獲物を
狙うのを
賢い鳥が
見おとすはずがない

宴会で席に戻ると
そこには美女が掛け
隣りの人と話している
そこで私は半身で掛ける
これぞまさしく尻会いの仲

恋をするのが趣味
そう聞えたが
間違っていた
鯉を釣るのが趣味
だとか

白滝と糸蒟蒻《こんにゃく》とは兄弟
春雨と葛切りは
どうやら他人
形状は似ていても
親類ではないらしい

菓子に
〝君衣《きみ》〟
公達の雅《みやび》
彷彿とさせる
ネーミング

そよ風に
揺られ
笹が笑う
食い過ぎて満腹の
欲張りを見て

永年飲んできた酒
一律に同じようで
一席一席グラスごと
味は
違っているような

わが輩の五行歌は
ボジョレヌーボか
赤玉か
熟成もなく
熟慮も無くて

閃《ひらめ》いたとき　すぐ
筆の持てる人は
凄い
もの思いが
確実に残るから

贈られた
一冊の詩集
その歌心に
震えながら
ページを追う

ピアノの調べにのり
女性たちの朗読する
〝紫の物語り〟
いつしか源氏の君に
重なって

時代も
変ったものだ
家長の爺も
今や日常的に
残飯整理係

奥さまは
デパートで
お買物
亭主は百均で
買い物

百年近くも
通って来た
越中富山の薬売りを
妻は　あっさり
切ってしまった

巾着の紐
縛るほど
入っては
来ない
マネーちゃん

お気に入りの
掛け時計
修理に
出したが
不整脈

驚かして
くれた
柱時計の
チャイムは
鳥の声

寺の冷蔵庫が経を読む
それも　上手に
調子よく
チャチャンガ　チャガチャガ
チャチャンガ　チャガチャガ

火の国で
大きな鯰《なまず》が
大暴れ
もっと静かに
できないものか

泥を
貰った
そう
思っていたのに
蓮が　咲いた

我が子よ
常識ではなく
良識で
生きて
いけよ

病棟の窓

病気は
これ以上
無理を
するなの
サインとか

病床で
初めて
聞く
肉体の
叫び

彼方で吠える
ボイラーの音
ひととき
釜の中を思う
ＩＣＵのベッド

深夜の
仄かな
明りに
煌めく
点滴

病床の
耳を
叩く
朝の
足音

鳶《とんび》が一羽
現われては消え
消えてはまた現われる
病棟の窓の
青の深さに

飛んで行く
長い長い
黒い帯
病棟の窓を
一キロもの長さで

一瞬の
旅を
乗せる
病床の
飛行雲

遠くに
新幹線を見つけ
子供のように
嬉しがる
病棟の窓辺

〝ワァー
紫の雲が〟
病棟の窓から
夕陽に向って
叫ぶ孫

病棟の窓は
素敵な
パノラマ
日替りの
一枚の絵だ

病棟の窓に
季節はずれの黄砂
いっとき
春霞を
思わせる

絶食の病床で
今更のように
知る
番茶の
美味しさ

分娩後の
爽快さ
かくやと思う
吐血入院
七日ぶりの排便

吐血って
それなら
胃袋に
謝らなければ
と　妻

聞ける
言える
書ける
あたり前のことが
ありがたく

病気や
苦しみは
喜びを
生む
種

文人　学者
病いの床から
立ち上った逸才の
いかに
多いことか

病気は
思惟の
泉だと
静かに
思う今

〝ワァー
洗髪に石鹸ですか
シャンプーしか
使ったことがない〟
そう若い看護婦

夜毎に
若い娘（看護婦）らの来訪を
幾度も受ける
そう思えば病院も
まんざらでもなく

芥の処理をと
銘菓を渡す
強《したた》かな
患者の
知恵

住めば都というが
一ヶ月半の病院生活
退院に
一抹の
寂しさ

検診に向う
朝
街には
退社と思しき
夜の蝶たち

癌ぐらいで

病院の
ベンチに並び
言葉もなく
見詰め合う
老夫婦

通院に
流木のステッキ
スーパーの手押車
あれなら
安あがりだよなあ

退屈な
病院の待合室で
お喋りばあさんの
自慢咄《ばな》しに
耳を傾け

看護婦さんに呼ばれたら
もっと早く
返事せんかい
大年寄りみたいな
若年寄り　よ

紳士が通る
膝《ひざ》小僧が過ぎる
やヽ太目が歩く
病院のロビーの
人間模様面白く

診察室から出て来る
老いた夫の腕をとる
腰の曲がったその妻
仄仄《ほのぼの》とした薫りを
残して去る

病院の廊下とはいえ
寄贈された絵画などを
ゆっくりと観る
そんなゆとりの
あることが嬉しく

もし癌ならば
すぐに告知を
残りの生命を
更に燃やして
生きたいから

〝癌〟と
告知される
名誉なことにも思える
ときの元首と
同じ病気で

癌にかかったと
笑って云うと
みんなが
笑っている場合かと云う
笑っちゃあいけないことなのか

入院理由を癌と聞き
御無事でお帰りをと
涙を拭って立ち去る
〝癌〟って
そんなに恐ろしいの

これから
癌で入院だといえば
そんなに
喜んでいなさんなと
タクシードライバー

癌ぐらいで
心配
召さるな
死ぬまでは
死にはせん

私の細胞よ
暴れないでくれ
暴走すれば
共に
自滅だ

ガン細胞は
自分の細胞だ
のんびり
仲よく
やってゆこうぜ

力まず弛《たゆ》まず
淡淡と
歩いて行こうぜ
病んだ細胞よ
お前といっしょに

癌も
元気への
ダイナマイトだ
思いきり大きく
ふっ飛ばそうぜ

私は病体
病気ではない
気など
少しも
病んではいないのだから

なんにも要らない
生かされている
ただそれだけで有難い
そう思える
退院後の日々

薬屋の主人に
お元気ですねといわれ
ええ　色気と食い気が
無くならなくて困っている
そう答える病体の元気老人

見舞った患者に
泣きつかれ
さらに
平常心をと
思う　今

一瞬
激震が走る
目薬と間違えて
プロポリスの
原液を注し

驚天動地
また
目に
プロポリスを
注してしまった

レントゲンで肺炎
しかも結核の疑い
救急の扱いで入院
結果が出るまでは
隔離病室で監禁だ

裁判では
疑わしきは罰せず
病院では
疑わしきは　隔離
きっとそうなのだ

隔離病室は
まるで独房だ
部屋は立派だが
視界の狭い窓一つ
一歩も出られない

精密検査の結果は
マイナス
隔離病室から出獄
一般病棟に移され
やっと息をする

病院の　大部屋の夜は
ミニシンフォニー
歯ぎしりのバイオリン
放屁のビオラ　そして
大鼾《いびき》の　コントラバス

病院のトイレで
戸を開けたまま
排便し
放歌までする
変な奴

溜まったネ　と
友人の太鼓腹
押えれば
馬鹿云え　ストレスだよ
だって

溜めようとするから
太るんだ
出すばかりなら
メタボにも
なるまいッテ

変わりはないかという
眼科医の問いに答えて
別嬪が良く見える
と答える
眼科のクランケ

別嬪が良く見えるという
クランケの発言に
見えなくなったら
来てくださいという
乗りのいい眼科医

刃を噛むような
デンチャーの
トラブルなのに
空は青く
どこまでも長閑《のどか》

エプロンを掛けられて
赤ちゃん返りしたような
そんな気分にさせられる
歯医者さんの
診察台の上

耳の穴に
何やら異物
擦りとったら
２ミリばかりの
茸の笠

霊芝などは
梅の古木に生えるという
なるほど　それでだ
この年寄りの耳に
茸が生えてきたのは

時の流れに

思いは必ず
遂げてみよう
二度とない
人生なら
時間なら

歳と共に
時の流れが
速くなる
昨日正月
明日また正月と

時間が
足早に
逃げてゆく
私は　それを
追ってゆけない

時間だけが
足早に
過ぎてゆく
やることの鈍い
わたしを残して

時間は
矢のように
駆け抜けてゆく
私の都合など
お構いなしに

あと五十年では
やり遂《と》げれまい
夢の数々
この宿題や
あの約束ごとは

息子よ
先が長いと
思うなよ
人生　すぐに
日が暮れる

明日空いてるか
空いてるヨ
じゃあ　十二時
と　受話器を置く
親友同士のアウン

支えられたり
支えたり
顧みる
君との友情
半世紀

半世紀もの時を越え
同窓に会える
嬉しさ
生命あることの
有難さ

この男は不良だから
と　紹介すれば
こちらは俺の先生だ
と　遣《や》り返す
若かりし頃の仲間

禿《はげ》よ　禿
お前はどうして
そのように
可愛くも
滑稽なのか

禿の上に痣《あざ》
痣の上に黒子《ほくろ》
黒子の上に毛が三本
校長の頭を
笑って語る幼な友だち

ある人がいう
成績の悪いのも
役立つものだと
彼の家庭教師に
姉が嫁いだのだ

久びさの同窓会
来賓も　校友も
みな若返った
私の消えゆく日も
そう遠くはないだろう

初老の運転手に
〝おじいさん〟
と呼ばれ
はっと我が歳を
振り返る六十路

木瓜《ぼけ》の花を
見るたびに
お前の名だよと
言われてる
みたいで

あれほど
不用に思えた
ケータイも
今では
身体の一部にも思え

なかなか通じない
私のケータイを指し
友人がいう
お前のケータイは
不携帯だと

ケータイは
持たないが
希望と優しさは
携帯していると
言う友もあり

スマホで遊ぶ
暇など無い
日頃
会話の絶えない
シルバーだから

雷さんを
箱に詰め
髭を
剃らせる
文明の利器

俺の家系は消しゴムで
消えるぐらい
髭が薄い
真面目男の
ユーモア発言

耄碌《もうろく》してるわい
大用ばかり
並んでる
と思ったら
女性用

若かりし頃　恩師から
〝君はおっちょこだね〟
と　云われたが
高齢者になっても
そのまんま

お許しあれ
ホースの
使用ミスは
男性の多くが
犯す道

厠《かわや》から出て
手を洗っていたら
君のは　そんなに
ババッチイのかい
そんな先輩の言葉懐かしく

手洗いで
隣りに並んだふとっちょ男
息使いが　激しく荒い
オイ！　おっさん
も少し痩せんかい

何がいい時候か
寒かったり暑かったり　と
不貞腐れる爺さん
もっと可愛い老人に
なれないものか

手が悴《かじか》んで賽銭が出せない
と云う声に
口が達者なだけでも
結構ではないか
と　寺の番僧

もう徒口《かばち》も
たたけない
そう云いながら
大徒口をたたく
強気な老女

古稀も過ぎると
級友たちが
どんどん降りる
人生劇場の
舞台から

同級生の
半数以上は黄泉《よみ》の国
よし俺が
君らの分まで
生きてやる

夕映えに

いくら
友人知己が
多くとも
逝くときは
たった一人よ

黒のパンツに
黒色帽子　黒い傘
颯爽と
街を行きます
シルバーグレー

少年のように歩き
青年のように動き
シルバーエイジを
若者のように
生きる

古稀のおっさんは
自転車の暴走族
どこへでも
ふっ飛んで行く
少年だ

家では大年寄り
自転車に乗ったら
まるで青年
一体どちらが本当かと
妻は云う

クリスマスイブの
街へ出た
行き交う者は
みな若者
シルバーは私だけだ

クリスマスの夜は
一億総クリスチャン
佛教徒など
どこにも
いない

あの嫌な癖
うんと嫌いなこの仕種《しぐさ》
親父譲りだと
懐かしく思えて来だす
六十路も　半ば

善意に
生きる
アホと
言われても
それでいい

若者のように
恋をし
夢を追う
躍動の
七十路

歳七十にして
気分は二十だと言えば
透《すか》さず
私は十八よ　と
乗りのいい八十路

高校生に負けじと
疾走する
自転車の暴走族
御歳
七十五

涙を拭きとり
洟《はな》を　かみ
眼鏡を拭きふき
ペダルを踏む
冬の夜道

夕暮れどきの
街で
私より
年長の者には
会うことも無く

昼間でも
街をほっつく
老人なんて
だれ一人
居そうにない

いつの間にか
父の歳を
十も　超えた
父は七十
私は八十

〝僕より若い
お父さん〟
朝な夕なに
父の遺影に
挨拶をする私

私の
〝お早う〟に応えて
にっこりほほえむ
赤ちゃんになった
母

老母が臥し
その従弟も
逝った
深夜の月も
泣いて　朧

許されるなら
寝ろよ
眠いのは
免疫力が下ったという
身体の叫び

眠れないのが
年寄りであるなら
暁を覚えずの私は
喜寿とはいえ
青年だ

喜寿を
迎え
今
青春
真っ只中

図々しいのか
鈍いのか
獅子・虎・象らの
鼾《いびき》の中でも
平気で眠れる

馬齢を重ねるとは
こう言うことか
歳だけは親父を越えた
ＴさんＭさんをも
越えた

誰か
時間を
止めてくれ
超特急で転がってゆく
喜寿の坂

喜寿の坂も越え
傘寿に向って
まっしぐら
来年からは
八十路の恋だ

友人もその妻たちも
みんな　みんな
逝ってしまった
私は八十路の
恋をしようと言うのに

日暮れて
巷《ちまた》をほっつく
老人なんざあ
居そうにもない
私は別だが

今夜も
青春をしに
出かけます
なにせ私は
傘寿の青年

母体だけは助かるかも
そういわれていた胎児
未熟児で生れ出たのに
母は九十五まで生存し
胎児はいつの間にか傘寿

私は　もう
傘寿だと言えば
それはお若い
私は米寿だと
返ってくる

やり終える
その先から
仕事や宿題が
やって来ては
エンコする

日暮れても
まだ道遠く
宿題抱え
とぼとぼと
行く

帰り際《ぎわ》
帽子を忘れた　と
手に持っているのに
探しはじめる
古き友

すでに着ている
羽織を
探す
傘寿を迎えた
爺さんの惚け

一つできれば
一つ忘れる
自称青年も
八十路は
八十路

まあ
そう云う
歳だからと
自分で自分を
誤魔化す八十路

しょっちゅう
ミスをやらかし
人間免許の
返納時期かと
言う御仁あり

嘘のような
ほんとうの話
私は今日
満八十五歳の
誕生日

日本では
百歳以上の高齢者が
八万人を超えた
私が仲間に入るには
後十五年

お前さんを百まで生かす
友人たちは　そう
言ってくれるが
時間は勝手に
過ぎてゆく

百歳まで生きたら
知人もいなくて
淋しいだろうって
なに　そこまで生きたら
その歳の恋をするさ

心配召さるな
百歳になったら
なったで　また
これに相応しい
恋をするさ

〝お元気ですね〟と
労《いた》われば
〝えーえー　元気ですよ
まだ男が欲しいぐらい〟
九十歳とは思えない元気印《じるし》

平均寿命日本一は
女性では
岡山の八十八歳
残念ながら岡山の男性は
八十二歳で十位とか

リハビリをなさっていた
そう　言われたらしい
私はトレッキングポールで
トレーニングをしていた
つもりであったのに

私の日課は
二十五段の階段
往復十回五百段
もうかれこれ
二年半

日頃　代理で
済ませていると
本人の出席が
まるで
代理の代理

年賀の客を
息子に任せていたら
隠居にもお会いしたいと
小宴の席へ
引っ張り出され

わたしは
化石だ
この名簿には
同世代の者はもう
一人もいない

嫁には〝あんた
見たことがある〟
息子には〝あんた誰〟
これが義母の進化だ
とはバスガイドの言

傍らの
紅葉に
散るのは
いつかと
尋ねてみる

いつどこで
どのように
散るかは
俺達の
与《あずか》り知らぬこと

お前さんの
散る先は
風も
大地も
知るまいって

やがて
一度は
散らねばなるまい
遅い早いは
別として

夕暮は近い
長《おさ》だ　首《かしら》だ
などなどと
言う閑なども
ないのでは

今年こそ
今年こそはと
馬齢を重ね
気がつけば
臨終への坂

黄昏ではなく
夕映えに似て
散ればと
紅葉に
思う

何もかも
捨て置こう
最後の旅には
金品も名誉も
不要なのだ

泣けばいい
笑えばいい
でも人生は
終着駅には
きっと着く

鈍行に
乗った
筈なのに
終着駅は
もう間近

津波が来るのが先か
私が死ぬのが先か
それが問題だ
いづれにしても
書斉の整理は急がねば

手遅れに
ならぬよう
しっかりと
準備だけは
しておこう

茶碗の
破《わ》れる
音がする
永遠の
別れ

金輪際
人に知られたくない事も
倶生霊人《ぐしょうれいじん》は細大漏らさず
閻魔大王に
報告するんだってサ

人生

人生いくたびか
大吹雪
時にまた
紙吹雪
花ふぶき

雨の中を
走りぬける人
傘をさし
ゆっくりと歩く人
人生って　面白い

そんなに
急いで
何処へ行く
人生ゆっくり
ゆっくり　と

我を張っても
思うようには行かぬもの
だったら気を抜いて
ゆっくり　楽に
生きようよ

転倒で
たん瘤《こぶ》一つ
そう
思っていたら
もう一つ

今さら
男前であれば
などとは思わない
半世紀もかけて
造り上げた顔だ

一人相撲で
事故った男の
言い草がいい
心が折れたわけではない
骨が折れただけだ　と

朝に吉報
夕べに訃報
人生
ままには
ならぬもの

喜び
悲しみの
すべてに
共鳴度
高くありたい

喜びは
自らが
体験した
悲しみからの
大きさ

苦しみは
有頂天からの距離
楽しみは
同様に
どん底からの距離

朝を迎えない
夜はない
冬は
かならず
春になる

人生は
風の一吹き
いつしか
笑いも涙も
流されて

貧しいから
勉強する
苦しいから
努力するは
人生の鉄則

過去たちは
みな
それぞれに
私の
師

順風満帆の
航海だったら
こんなに素晴しい
風景には
出会えなかったろう

順風は何も
教えてはくれない
逆風こそは
教師だ
学校だ

常識の枠内で
事が運ぶなら
何も云うことはない
犯罪などは　常識の
枠外で起こるのだ

広い世界を
知らぬ者ほど
鬼の首でも
取ったように
口を開く

現象のみを
語る人あり
本質を
心で捕える
人もあり

美しい山の
表の部分を
語ったからといって
それが　その山の
全体像とはなり得ない

表だけを
取ろうなんて
無理な相談
所詮表と裏は
一つのもの

光と
影は
表裏一体
影を消せば
光も消える

完璧を目指せば
寛容になりにくい
大らかであれば
ルーズになり易い
どうしたものかのう

大切なのは
「加」と「減」との
均衡ではないのか
「いい加減」と
いわれるように

白もあり
黒
灰色もあって
いいではないか
人生は

共に歩む人生
別に歩む人生
人それぞれの人生
それはそれで
いいではないか

知者もさまざま
知る限りを
見せる人
能ある鷹で
過す人

言葉を持たない
佛師の彫った
佛像は
言葉以上の
言葉を語り

自分に与えられた
条件を歩むしか
道はない
他者に代ることなど
できないのだから

物を失ったぐらいで
くよくよするな
まさか　地球が
ふっ飛ぶ訳では
あるまい

雄大な宇宙から見れば
泡粒のようなもの
悠久の時間からすれば
ほんの一瞬
それが私だ

歳と共に
時間が経つのが
速くなる
一生は瞬く間に
過ぎてゆく

この
一瞬に
我が人生の
すべて
あり

今
ここに
生かされている
一瞬の生命の
ありがたさ

鎧を着て
裏街道を
歩くより
裸で
王道を

表と裏
立前と本音も無く
挨拶と
裸とで歩んだ
私の人生

常に丸裸
いつも
褌《ふんどし》一枚で
歩いているような
ものだから

さらけ出し
下座に徹して
純粋に
そんな自分で
あり続けたい

名誉は
捨てれた
あとは
デクノボウの
修行だ

跋

そのままの王道

草壁焔太

初めからすべてが出来上がっているような人だった。五行歌を始めるときも、その後の投稿や歌会での態度も、迷いというものを感じさせたことがなかった。

今、この二十数年の間に書かれた歌を見ると、八木大慈さんの歌は、王道を歩むような歌だなあ、と痛感した。

詩歌は、感動を書くものだから、詩歌人は、ある意味で感情を表現に向けて調節するのが上手な人と思いがちである。多少は、誇張もするであろう。しかし、八木さんの歌には、そういう細工はいっさいない。なにもかも思うとおりに書き表して、誇張などしない。

そのいさぎよさが、かえって重みをもち、信頼を生ませる。

こういう人は、初めてだなーと嘆じた。

冒頭の歌、

寒風の中に
白梅という
名の

春
一輪

堂々として、余分は何もない。そして、すべてを表している。一つの景色が、すべてを表せば、理想的である。この歌集には、その趣を持つものがいくつかある。

窓の隅で
小枝が揺れる
鶫《つぐみ》が
ひょいと
顔を出す

堰《せき》を切った
滝のように
一斉に
唸《うな》る
蝉しぐれ

動植物の瞬時に見せる表情にそのすべてがあるようにも感じられる。

これは、書く人が出来上がっていて、思惑や、狙いがまったくないからである。この本の名、あるがままの心境で書きだされているからだ。

迷いのないこの人も、癌になった。そのてんまつは、「癌ぐらいで」の項に書かれているが、この人はそういうときでも、少しも悩まない。まわりの人たちが深刻になるだけで終わったようである。

癌にかかったと　　　　癌ぐらいで
笑って云うと　　　　　心配
みんなが　　　　　　　召さるな
笑っている場合かと云う　死ぬまでは
笑っちゃあいけないことなのか　死にはせん

どの項の歌もみんな面白い。しかし、ああそうなのかと、ぜんぶについて頷くのは、最後の「人生」の項である。ふつう、人生の歌を書くことを私はあまり勧めない。誰しも、書きたくなるものではあるが、見通したと思ったその人が、軽く見えることも結構多いからだ。

だが、八木さんの人生の歌は、これぞ歌という優れた歌の集まりであり、だから、なんでもない材料の歌たちもよかったのはあたりまえだと思わせる。

私の「跋」も最初から、ここだけ書いてもいいと思ったものだ。

人生いくたびか
大吹雪
時にまた
紙吹雪
花ふぶき

喜びは
自らが
体験した
悲しみからの
大きさ

光と
影は
表裏一体
影を消せば
光も消える

我を張っても
思うようには行かぬもの
だったら気を抜いて
ゆっくり　楽に
生きようよ

過去たちは
みな
それぞれに
私の
師

この
一瞬に
我が人生の
すべて
あり

これだけ思い深く、すべてを見通した歌には、なかなかお目にかかれない。理想の歌のサンプルとして、掲げてもいいものばかりである。最後の「この／一瞬に…」は、八木さんの歌の総てについての謎解きでもある。何気ない歌もみんなよく思えたのは、すべてがその一瞬で、八木さんは何も作らずあるがまま淡々と記してきただけなのである。

歌集のタイトルもまさに、「あるがまま」で、衒いも、狙いもない。そのままでこそよい、それがこの人の信念なのであろう。王道という言葉を使ったが、本来、迷いのない人こそが王なのである。

あとがき

この度は私の、拙《つたな》い作品をお目通し頂き、ありがとうございました。私にとりましては初めての歌集であり、作品に対しましては、それなりの〝思い〟もありましたので、とりあえずは、これまでの作品を、その思いに従って取捨選択、分類配列し、その上で、草壁主宰はじめ市井社のスタッフの皆さまのお手を煩わしました。

また、私の勝手な思いつきで、旧知の画家、瀬政光彦氏にお願いして、各章ごとに挿絵を挿入してみました。

いずれにしても、多くの皆さまのお力添えで、ここまで辿りつくことができました。

そのことは大変にありがたく、深く感謝するところであります。

みなさま、この度は、ほんとうに有難うございました。

八木大慈

八木大慈（やぎ だいじ）
1935 年岡山市に生まれる。
東洋大学文学部哲学科卒業
立正大学大学院修士課程（仏教学専攻）卒業
宗教法人蓮昌寺代表役員
社会福祉法人あおい福祉会理事長等歴任
1996 年五行歌の会入会、月刊『五行歌』同人
翌年、岡山五行歌会を設立し、その代表を 20 年
間勤め、その間に記念誌『吉備路』1-6 号を発行
する（現在 7 号）。月刊五行歌誌『彩』の同人も。

カバー絵・挿絵　瀬政光彦（せまさ みつひこ）

1953 年岡山市生まれ
武蔵野美術大学にて油絵を学ぶ。師 麻生三郎 山口長男
蓮昌寺アトリエにて水墨画を学ぶ。師 田代篤三郎
岡山県展 県知事賞 桃花賞 県展賞他
日仏現代美術展 グラン・パレ美術館（フランス パリ）出品
岡山県芸術奨励賞他
蓮昌寺美術館所蔵「久遠」F50 アクリル

五行歌集　あるがまま

2023年8月1日　初版第1刷発行

著　者　　八木 大慈
発行人　　三好 清明
発行所　　株式会社 市《し》井《せい》社《しゃ》

〒 162-0843
東京都新宿区市谷田町 3-19 川辺ビル 1F
電話　03-3267-7601
https://5gyohka.com/shiseisha/

印刷所　　創栄図書印刷 株式会社
装　丁　　しづく
画　　　　瀬政 光彦

ISBN978-4-88208-203-3

五行歌五則

一、五行歌は、和歌と古代歌謡に基いて新たに創られた新形式の短詩である。

一、作品は五行からなる。例外として、四行、六行のものも稀に認める。

一、一行は一句を意味する。改行は言葉の区切り、または息の区切りで行う。

一、字数に制約は設けないが、作品に詩歌らしい感じをもたせること。

一、内容などには制約をもうけない。

五行歌とは

五行歌とは、五行で書く歌のことです。万葉集以前の日本人は、自由に歌を書いていました。その古代歌謡にならって、現代の言葉で同じように自由に書いたのが、五行歌です。五行にする理由は、古代でも約半数が五句構成だったためです。

この新形式は、約六十年前に、五行歌の会の主宰、草壁焰太が発想したもので、一九九四年に約三十人で会はスタートしました。五行歌は現代人の各個人の独立した感性、思いを表すのにぴったりの形式であり、誰にも書け、誰にも独自の表現を完成できるものです。

このため、年々会員数は増え、全国に百数十の支部があり、愛好者は五十万人にのぼります。

五行歌の会　https://5gyohka.com/
〒162-0843 東京都新宿区市谷田町三ー一九
川辺ビル一階
電話　〇三（三二六七）七六〇七
ファクス　〇三（三二六七）七六九七